風が旅へと駆り立てる

白樫万帆歌集

Shirakashi Maho

ふらんす堂

歌集

風が旅へと駆り立てる

幽暗の虫の声きく旅の空銀河をひとり行くかのような
心まで風の吹きいる空の下うす紫の野菊咲きこぼれ

鳥のゆく澄みたる空の美しき流浪の心にふと眺める

枯野ゆく漂泊の心蕭蕭と影を濃くする夕暮れの山

大らかにくつろいでいる雲流れ空を心もさすらっている

冬来たれば身体の山河涸れはててどこへ行くのかあてのない旅

行く先に鈴鹿の山を見下ろしつ雲はせわしなく空を過ぎゆく

松林すぎて命のさっぱりと道を求めてゆくような旅

息深く空の青さを吸い込んでつたなき命洗いていたり

ああ空をゆったり雲は漂って風まかせな旅ぐらしする

海も山も寂しさばかり風の音悲しい風が空に泣きいる

風雪のあとからあとから吹きかかり山河渓谷雪に包まる

一生は旅に暮れつつ冬の樹々吹き過ぎる風はどこに行くのか

旅すれど旅すれどさすらい歩く心なり冬の野に入る身は枯れながら

木枯らしは空の旅路を吹き抜けていずこか知れぬ旅の終わりは

山を吹きまた山を越えゆく風の生まれ故郷は海の上にて

地は枯れて山野を風は駆けまわるいつ果てるともしれぬ旅をする

風とともに巡礼へ立つ日のように落葉ゆくりなく降りしきる道

こんこんと天より雪はわれに降り一身の穢れ雪がんとするか

北風の国境山脈越えてより海の上をゆく遠い旅

山枯れて草木荒れたる冬の旅幾山河を風は越えゆき

わが心あくがれいずる旅の空風の鳴りつつ吹く空の果て

北国の空より風は吹きおろし北の山脈雪清げなり

ひらひらと天より雪は無言にて山河草木埋めゆくなり

木枯らしの峰より峰へ漂泊す気の向くままの旅の心に

爽々と風は千里を鳴りわたり空のあなたへ吹きぬけていく

あてどない空の彼方へ吹き抜けてただ風のみが空にありたり

蒼穹よりあまねく地に雪注ぎつつ一人野をゆくわれを降り包む

途切れなく雪は地表に降り重なり枯れたる山野を白く埋め尽くす

幻のようなこの世に雪は降り山に己に雪は積もりつ

山塊も枯野もすべて雪降りて白い世界となり果てにけり

新生の大地に草の芽は出でて風は柔らかくそよいでおりぬ
生き返り草芽吹く春奥山にさびしき雉の鳴く声はする

着飾れるソロモンよりも美しき濃き紫に咲く野のすみれ

白梅の夜の朧にしっとりと香る人肌の明るさに咲く

梅の花心に白く咲きほこりひとひらふたひら舞い散りてあり

ひとひらのこの世に散って桜咲く束の間の春世に咲きつぎて

目に見えぬ者ら語りて酒盛りの桜なびきて座の中に落つ

山姥の涙しつらん舞いつらん奥山桜灯りたる下

子を呼びて野行きよろぼう物狂髪に花降る袖にもかかる

山に芽吹く無数の樹々をざわめかせ春の嵐は吹き続きたり

夜明け前きのう時鳥をききつさみだれる今日筒鳥をきく

緑風の中時鳥の声光る森に棲み人の世に呼ぶ声

鮮やかに空を横切るつばくらめ川の辺りは雨にけぶりて

さらさらと世界の草木鳴りさわぎ透き通る風が地上を過ぎる

夏の森青き樹々の葉生い繁り森にしみわたる蝉の声

夏鳥の呼びかう声は空に響き鳥の心は濁りなからん

夏の闇心臓きらり光らせてさそり座輝く南の空に

こうこうと青き光の部屋に射し心に射し入る初夏の月

蕺草の一群咲いて縁の下砂をはねかけいる蟻地獄

檜の森に檜のすがしき香は満ちて淡き夜透けてゆく蟬の羽

油蟬灼熱の夏を鳴き通しカラリと道に落ちているなり

寂寥の暗がりに風吹き抜けて杉林よりひぐらしの声

枯葉蛾の秋の簾に動かざる白光に浮いており大き影

夜にゆく雁ならば心の中燃やして飛ばん宵の明星

夢の底かそけく鳴りいし虫の声心の底に秋はありたり

蜻蛉の虚空にふらり浮かびたりいずこより来て飛ぶ魂か

さびしさの果てなき国の野に咲いて秋の花みな小さかりけり

秋茜たましい軽く遊びつつゆらゆら漂える秋の空

秋の終わり枯れ葉が一枚風を受けて路上にコホッと咳をする

陽の射してにわかに道は華やげり風ばかりなるさびしき枯野

冬の星東の空より上りつつ姿勢を保つオリオン座たち

茂みより火、火、火と尉鶲凍る空より降る声はする

*　　　*

夢遊病のようにまよい入りふり返る空に広がる薄桜の色を

水晶の魂を澄み渡らせて君は急いで行きてしまえり

はらはらと光の中を桜散り花は青空と別れゆく

春の光きらきら空にまぶしくて大島桜白く咲き誇る

全体に樹の生命は漲りて桜ほんのり色づいている

花冷えの風は大地に吹き荒れて山は巨きく揺さぶられいる

光透き通る幻に顕つ君と桜の下で待ち合わせしよう

君がこの世を出ていってからふるえている世界は蟬の抜け殻のよう

燐光の氷のように見えながら凛と燃えている青き炎

目に見えぬ風上空に荒れていて束の間を咲く桜吹き尽くす

ほととぎす生きる命を鳴きながら空の奥深く揺さぶる声

現し世に光を放つ天上より姿はなくて鳥の声降る

昏くして君の魂帰り来んまさびしき世の夕焼け空より

さやさやと葉を鳴らす風透き通りほととぎす飛ぶ夏の心に

ほととぎす背につかまりてわが心この世の極み翔けまわらばや

幽明の人らのことを思いつつ明ける夜赤翡翠の声

のんびりとしているような雲がゆく空の檜の梢のあたり

月冴ゆる蒼き光に草も木もうつむく犬も濡れて寂しき

油蟬涼しき風の朝に鳴き短き命を一心に鳴く

青空に風は吹きつつ蟬の声緑の林に魂の声

蟬の声世界に満ちて夏の山満ちたる声の蒼穹に響く

油蟬かすれた声で鳴いている空に積雲成長しつつ

八月の山青深く積雲の空にきこえるつくつくぼうし

熊蟬の声に積雲わきあがり青き葉茂る夏が終わりゆく

秋雨の降る薄暗き山の暮れうつつに鳴いている虫の声

雲の下風冷え冷えと吹き抜けてつくつくぼうし声涸れて鳴く

枯れ草のしろがねの上天道虫澄める光に暖まりおり

見るかぎり秋風の吹く青い空地に鳴いているこおろぎの声

むらさきの野菊は咲いて風わたる芒野原に虫の音さみし

山の秋深まりゆきて山に生うる木は心燃え全身染まる

時雨して山の木の葉は降りしきる生命を了えて赤や黄色に
裸樹の一糸まとわぬ木となりて冬の日差しはやさしく当たる

この世にはあらぬ魂現れて心の裡を語る桜樹下

すり抜けてわれを抜きゆくつばくらめ空に流れて翻りつつ

淡緑の騒立ちやまぬ風の中　上不見桜爽々と白し

鳥声は緑の香放つ森に澄みしんしんと人の心澄むまで

夏は来ぬ雲は輝き緑風に小楢の木の葉澄まされいたり

森の緑静かに満ちて溢れたりほととぎす鳴く夏の深みに

油蝉一心不乱に鳴く声の山に激しき夏の盛りなり

幹々にひぐらしの空にひずむ声微妙に音色の異なりつ

緑海の杳き小道を過ぎるとき鳴き盛るなりつくつくぼうし

草にとまりさみしき声に鳴いているこの世の秋のこおろぎの声

静寂の草を生す野にしみじみと心寂しく秋の虫鳴く

木枯らしに吹かれて木の葉放浪すたどりつくのはどこでもよくて

椿紅　寂土の光に咲きかがよい身に鳥声は鳴りひびきたり

ふっくらと蠟梅匂い廉潔に歩みゆくこと空に願えり

青空に拡がってゆくわが心心も空になりゆくような

春の風山野の果てに吹き抜けて空の彼方に鳴りやまぬなり

青空と心の空と溶け合ってそよそよ青い風が吹いている

草木生い山は緑に染まりたり燕は夏の翼をかえし

生き生きと燕は雨中飛翔する羽を軽々とひらめかせつつ

森の樹々吐く息の濃き青夏の山につばめの高き声響く

梢梢に明るき緑溢れつつ燕は樹々をくぐりて疾し

若やかな葉を揺らしいる青木立青葉の枝にきびたきの声

柔らかき緑の光抜けるとき澄んだ命の鳴る音聞こゆ

心にも風の澄みたり鳥の歌梢をわたり涼しき歌

夏の日々生きたる鳥は透きとおる心に歌を宿していたり

あじさいの泡柔らかに浅緑雨月の雨に青く咲きゆく

薄青き紫陽花爽やかに咲いて雨の上がりし日に瑞々し

山の命濡らして雨は降り続き緑薫る森に鳥の声満つ

六月の山は緑にあふれたり青草の中虎の尾の花

降り続く雨は地深く浸みとおり淡きあじさいの花潑溂と

山なみが空の雲の下連なってはるかきこえる鶫鳩鳴く声

さみだれに鳥はけぶれる霧の中現世に声の鳴り響きたり

六月の光世界を照らし出しすべての色が光を放つ

せせらぎの上に静かに止まりたる翡翠の日に青く光る背

雲厚く雷空に鳴り響きようようよう高まるひぐらしの声

夕空にひぐらしの声響きつつ入道雲が静まりてゆく

夏の樹々緑にあふれぎらぎらと命をふりしぼる蟬の声

蟬のすむ世界の森に青深く油蟬声をぎらつかせながら

樹に小さき魂止まり青夏に命短しと鳴く蟬の声

山の空遠き雷きこえいて夏草青き蟬しぐれなり

森の樹々緑さやかにそよぎおり一生鳴きいる油蟬かな

蟬の音樹の梢より広まりつ油蟬鳴きしきる世界なり

夕立の兆しの雲は空に湧き夏の極まり熊蟬の声

明け方に地震がありき日の高く熊蟬鳴いている原爆忌

油蟬一生鳴いてたましいの抜けたむくろが転がっている

樹々高く法師蟬の声せわしなし風は大地を吹き抜けてゆく

無色なる羽もて宙に浮く蜻蛉身の軽きものわれと行き過ぐ

空に満つる軽き遊行の薄き翅蜻蛉は夕眠りにゆくや

空騒ぎ地上に風の吹き乱れ空に鳴きいる秋蟬の声

生き物の声静まりて世は暗くつくつく法師寂しさに鳴く

澄みわたる風が吹きゆく空と森つくつくぼうし忙しそうに

秋の世は心にしんと寂しくて草にときおり鳴く虫の声

露草の青き花咲きこぼれいて世の片隅に蟋蟀の声

風に降る淋しきしぐれをきいている一人の耳に綴れさせの声

薄明の寂土の秋に鳴いている草にさみしげな虫の声

草はらに数千の虫の命あり秋の深さに邯鄲の鳴く

秋清か透き徹る風冷え冷えと天空にしみわたる虫の声

仄光り白き夕顔咲きいでつはるかに照らす十五夜の月

冴え渡る空の深みに蒼冷めつ心の秋に射す十六夜

草をわけ天の河原に辿りつきぬ静寂の中虫の鳴きいる

風の野にたまゆら虫の声響き秋のたましい透き通りゆく

さやさやと草を吹きゆく風の音天の河原にきく虫の声

薄雲の移りゆく波天の原月は静かに泳いで渡る
夜の空冴え冴えとして静寂の秋の世に月遊行しており

人気なく静けさばかりなる空を月は横切りゆく無言にて

夜の天心に月は静まりて清かな秋に虫の声きく

濃く薄く冬に入る山燃えんとし山の心は深まりてゆく

天空に風吹き荒れる音はして山の枯れ葉は一斉に鳴る

胡桃の葉一葉一葉と降り続く秋の宇宙のくらやみの中

深い深い空の海辺に立ちながらアンドロメダ座秋にきらめく

ペガサスの天辺高く輝いて空の深みに羽ばたきの音

逞しき狩人オリオン立ちながら冬の夜空に輝きわたる

暗い宇宙の椅子に座りて上りゆくカシオペヤ座は北天に煌めく

冬銀河無数の星は灯りいてりりしきペルセウスの颯爽と

天高くぎょしゃ座のカペラ輝きて北極星を巡りて駆ける

山を吹き野を吹き風の荒みつつ寂しき声に蟋蟀は鳴く

山の樹々黄色く木の葉色付きて山は魂身秋となりゆく

空の青深く澄む秋草の世に清らに響き鳴く虫の声

空の青深き梢に鵙鳴いて秋冴え耳を研ぎ澄ましゆく

空青くこの世の空気澄み渡り切れ切れに秋の虫の声きく

山の樹々夕焼け色に染まりつつ枯れ葉舞いたり秋の終わりに

木枯らしは淋しい空に咆哮すはるかな空の果てより響き

はるばると空を旅してきた風が山を鳴らして空へ吹きゆく

空を揺する音をさせつつ冬の風身体の枯野を吹き抜けてゆく

青々と広がる空を駆け抜けて風は一日泣きいるばかり

風のいつも擦れ合う空は青深く空を過ぎゆく風の音する

見るたびに雲は形を変えながら移ろってゆく見果てぬ空を

この生は漂泊をしつ更けゆきぬ空を吹きゆく風きりもなし

冬曇りさびしき枝に鵯の声をききつつ山を行く旅

果てしなく空には風の吹いていて無数の木の葉舞い散りてゆく

山の木々野の草々を枯らしつつ風は果てなく地を吹くばかり

一生は遊行のごとし吹き渡る風に魂冴え返りつつ

野に太く低く木枯らし唸りつつ空を流れて奔り続ける

歌集　風が旅へと駆り立てる　かぜがたびへとかりたてる

二〇二二年五月八日　初版発行

著　者――白樫万帆

発行人――山岡喜美子

発行所――ふらんす堂

〒182-0002 東京都調布市仙川町一―一五―三八―二F

電　話――〇三（三三二六）九〇六一　ＦＡＸ〇三（三三二六）六九一九

ホームページ http://furansudo.com/　E-mail info@furansudo.com

振　替――〇〇一七〇―一―一八四一七三

装　幀――君嶋真理子

印刷所――明誠企画㈱

製本所――日本ハイコム㈱

定　価――本体二五〇〇円＋税

ISBN978-4-7814-1456-0 C0092 ¥2500E

乱丁・落丁本はお取替えいたします。